KB069918

고양이인 척 호랑이

글·그림 버드폴더

CONTENTS

거울은 최고의 친구이다.
내가 흐느낄 때 비웃지 않기 때문이다.

_찰리 채플린

PART 1

고양이인 척 호랑이

깊은 산속 외딴집에 눈이 어두운 할머니 한 분이 살고 있었어요.
어느 날, 할머니는 숲 속에서 작게 웅크린 아기 호랑이를 발견했어요.
가엾게도 어찌나 작고 가벼웠는지
할머니가 고양인 줄 알 정도였다니까요!

할머니는 아기 호랑이를 바구니에 담아 집에 데려왔어요.
따뜻한 담요로 감싸 안고, 부드러운 수프를 조금씩 떠먹이자
아기 호랑이는 겨우 눈을 떴습니다.
그러나 오랫동안 추위에 떨며 굶은 탓인지 건강이 좋지 않았어요.
할머니는 귀한 약초를 달여 아픈 호랑이를 정성스럽게 돌봐주었답니다.

그렇게 시간이 지나 무럭무럭 자란 호랑이는
이제 할머니 대신 마당을 쓸고, 약초를 캐며,
수프도 끓일 수 있을 만큼 건강해졌어요.

나이 드신 할머니는 자주 편찮으셔서
하루 종일 침대에 누워 계시는 일이 많았답니다.
할머니를 위해 호랑이는 매일매일 약을 달이고, 쿠키도 굽고,
청소를 하며 집 안 곳곳을 정성스레 가꾸었지요.

"우리 고양이는 참 착해. 집안일도 잘하고 쿠키도 잘 굽지!"

할머니의 칭찬을 들으면 더욱 신이 나서 으쓱으쓱.

그러던 어느 날, 할머니께 드릴 쿠키를 굽고 있는데
갑자기 이가 간질간질 아팠어요.

"이 송곳니…… 좀 크지 않나?
게다가 너무 날카로워!"

거울을 보니……

어이쿠!

눈물의 발치

호랑이는 최근 몸에 몇 가지 변화가 생긴 걸 느꼈어요.

간질간질 커다란 송곳니라든지
이불을 찢을 정도로 날카롭고 긴 발톱이라든지.

그리고 가장 중요한 목소리가,
그르릉 야옹~ 야옹~
에서
크르릉 어흥! 어흥!
으로 변했거든요.

호랑이는 소곤소곤 작게 말하기 시작했어요.
매일매일 스크래치도 열심히 했답니다.
변한 모습에 할머니가 놀라시면 안 되니까요.

어쩌면 난 그저 '힘이 센 고양이'가 아닐지도 몰라.

어릴 때 함께 놀던 친구들은

언젠가부터 곁에 오지 않고.

모두가 그대로인데

변한 건 나.

아늑한 상자 속이 그리워도

변화를 받아들여야 해.

"내가 호랑이 걸 들키면 어떻게 될까?"

호랑이는 걱정이 되기 시작했어요.

할머니와 떨어져 서커스에 팔려 가거나

동물원이라는 곳에 평생 갇혀 살거나
심지어는……

카펫이 될지도 몰라!

꺄아아악!!!

살을 빼야겠어……!
몸이 커지면 틀림없이 들킬 거야.

호랑이는 채식을 시작했어요.

〈유연성을 위한 고양이 요가〉 수업도 들으며

완벽한 고양이가 되기 위해 매일매일 노력했답니다.

그렇게 시간은 흐르고……

평온한 나날이 이어졌어요.

우리는 가지고 있는 열다섯 가지 재능으로 칭찬 받으려 하기보다,
갖고 있지도 않은 한 가지 재능으로 돋보이려 안달한다.

마크 트웨인

PART 2
호랑이인 척 고양이

호랑이인 줄 아는 고양이가 있었습니다.

고양이치고는 무늬가 진하고 덩치도 컸지만
그는 분명 고양이였어요.

고양이는 언제나

"어흥! 어흥!"

이렇게 울었답니다.

하지만 무서운 형들은 봐주지 않았어요.

그래도

어흥……
어흥……

고양이는 언젠가 쓰레기를 뒤지다가 호랑이 사진을 본 적이 있어요.
자기와 닮은, 그러나 훨씬 더 크고 멋진 호랑이!

혹시 우리 아빠가 아닐까?
그래! 그랬던 거야. 난 호랑이였어!

어느 날, 시장에 다녀오던 호랑이는
무서운 형들에게 둘러싸인 고양이를 보았어요.

고양이를 도와주고 싶은 마음에
뒤에서 몰래
"어~흥!"
깜짝 놀란 형들이 후다닥 도망갔지요.

고양인 척하는 호랑이와
호랑이인 줄 아는 고양이의 첫 만남!

좋아하는 것도 다르고,

원하는 것도 다르죠.

호랑이는 비 오는 날 홍차 마시는 걸 좋아해요.
물방울이 톡톡 콧등에 떨어지는 것도 재미있고요.
뜨끈한 반신욕도 좋아하지요.
여름이면 호수에서 접영을 즐기기도 한답니다.

고양이는 비 올 때 털이 부스스해지는 것도 싫고,
괜히 우울해지는 기분도 싫었어요.
걸핏하면 뒤집어지는 고장 난 우산도 밉고
조금씩 물이 새는 낡은 장화도 싫었답니다.

호랑이는 고양이를 집으로 초대했어요.
하지만 너무나 어색해서 그만……

할머니가 담근 술을 몽-땅 마셔버렸답니다.

고양이와 호랑이의 얼큰한 밤이 깊어가네요.

고양이는 얼마 전 사냥했던 커다란 물고기에 대해 자랑했어요.

호랑이도 자기가 만든 멋진 커튼에 대해 한참을 자랑했지요.

얼큰하고 즐거운 대화가 이어지던 중
고양이가 울 것 같은 표정으로 말했어요.

"이건 비밀인데……"

나 실은 호랑이가 아닐지도 몰라.

키가 더 안 커.

이도 작고······ 턱도 약해.

그저 내가 조금 큰 고양일까봐 무서워……

고양이가 엉엉 울자 호랑이도 마음이 아팠어요.

다음 날 사이좋게 늦잠을 잔 고양이와 호랑이는

호랑이가 직접 구운 쿠키와 진한 수프로 속을 달랬어요.

시원…… 한데?

고양이는 호랑이를 따라 난생 처음
목욕이라는 걸 해봤어요.

산책길에 사이좋게 스크래치도 했지요.

고양이는 아무것도 묻지 않는 호랑이가 고마웠답니다.

호랑이는 고양이에게 〈맛있는 파이 만드는 법〉을 알려주었어요.

고양이는 호랑이에게 〈물고기 여러 마리 한 번에 잡는 법〉을 알려주었지요.

둘은 뜨개질을 하기도 하고

짓궂은 장난을 치기도 했어요.

힘든 일도 친구와 함께 하니 즐겁기만 하네요.

저녁엔 무서운 영화를 보기도 하고

주말이면 마을에 내려가 함께 꽃을 팔기도 했답니다.

물을 싫어하는 고양이였지만

하늘을 나는 법을 알려줄게, 꽉 잡아!

그건 아마도 둘이 함께여서겠죠.

사람들은 당신이 그 일을 얼마나 빨리 했는가는 잊어도
얼마나 잘했는지는 기억한다.

_하워드 뉴튼

PART 3

소문은 소곤소곤

부엉이 세 마리가 수다를 떨고 있었어요.

나 어제 굉장히 이상한 걸 봤어!

한밤중에 커다란 고양이가 꽃바구니를 물고 지나가는 거야.
어찌나 우렁차게 뛰어가던지…… 꼭 호랑이 같더라니까.

그런데 생각하면 할수록……

호랑이 같아!

소문은 날개를 달고 숲 속에 퍼져나갔습니다.

수군

수군

우리 마을에 호랑이가 있대!

소곤소곤 수군수군 속닥속닥 쑥덕쑥덕

소문을 들은 옆 마을 서커스단장 아저씨.

소문이 사실이라면
어서 그 호랑이를 잡아오자!
서커스에 호랑이가 있다면 우린 금방 유명해질 거야.

우리는 오로지 사랑을 함으로써 사랑을 배울 수 있다.

_아이리스 머독

PART 4

호랑이가 아닙니다

사람들은 서커스를 왜 좋아할까요?

악성 빈혈에 시달리던 곰 누나가 쓰러졌어요.

사자 아저씨는 허리 디스크예요.
아직 다 낫지도 않았는데 또 공을 타래요.

치타 삼촌이 그러는데
우리 서커스단에 호랑이라는 분이 오시면
곰 누나와 사자 아저씨가 쉴 수 있대요.

호랑이님, 어서 오세요!

어느 날 고양이가 아팠어요.

열이 펄펄 나는 걸 보니
아무래도 감기에 걸린 듯해요.

잠든 고양이를 뒤로 하고
호랑이는 약을 구하러 나갔습니다.

짙은 밤,
깊은 잠.

잠에서 깬 고양이.
"여긴 어디지?"

꺄아아아!
깜짝 놀란 고양이가 소리쳤어요.

"뭔가 이상해.
호랑이라기엔 너무 작고, 고양이라기엔 너무 커……
뭐지?"

그렇게 큰 소리로
말할 건 없잖아요······

"얜 호랑이가 아닙니다, 그냥 큰 고양이예요."

수의사 아저씨의 말에 고양이는 부끄러워 얼굴이 새빨개졌답니다.

"그래요?
그럼 아쉽지만……
얘, 너 이거라도 한번 입어볼래?"

모든 일이 순식간에 일어났습니다.
아저씨는 능숙하게 바느질을 끝냈고
고양이는 어리둥절 정신줄을 놓았죠.

'아이고, 머리야!
도대체 어떻게 된 거지?'

"이게 나야?
세상에, 이 송곳니를 좀 봐!"

"내가 진짜 호랑이가 된 것 같아!"

고양이는 매우 기뻤어요.

하지만 서커스는 결코 쉬운 일이 아니었습니다.
끈이 꼬여 천장에 대롱대롱 매달리기 일쑤였고,
중심을 잡지 못해 매번 요란한 소리를 내며 떨어졌지요.

날카로운 발톱으로 찢어버리는 공,
아무 소리도 나지 않는 피리,
와장창 깨버린 수십 개의 접시들……

실수투성이 고양이가 유일하게 잘하는 묘기는 자전거 타기.
이건 호랑이가 가르쳐준 것이에요.
고양이는 문득 호랑이가 그리워졌습니다.

내가 보낸 편지를 받았을까?

사랑하고 사랑받는 것은 양쪽에서 태양을 느끼는 것이다.

_데이비드 비스코트

PART 5

고양이를 찾습니다

한편, 호랑이는 오늘도 고양이를 찾기 위해
⟨FOUND CAT⟩ 전단을 돌리고 있었어요.

호랑이가 울면서 앉아 있는데
푸드득~ 하늘에서 날아온 편지 한 장!
고양이가 보낸 편지였어요.

고양이는 오늘도 사고를 칩니다.
어디선가 날아온 나비 한 마리가 코 밑을 간질간질~

"호랑이님 말이야……
실수가 너무 많으신 것 같아."
"우리 서커스엔 어울리지 않아."

우연히 원숭이들의 얘기를 듣게 된
고양이의 두 뺨은 붉게 물들었답니다.

고양이는 너무 부끄러웠어요.
뺨이 빨개진 것도 모자라 온몸이 빨갛게 달아오르는 것 같았어요.
그러다가 점점……

자꾸…… 자꾸…… 작아져가다가……

결국…… 이렇게

빨갛고 작은 콩이 되고 말았어요.

심장이 쿵쾅거리듯 콩콩!

콩

콩

슬픔은 자연히 해결된다.
그러나 기쁨을 충분히 누리려면 기쁨을 함께 나눌 누군가가 필요하다.

마크 트웨인

PART 6

서커스는 위험해

"여기가 고양이가 있는 곳이 맞나요?"
호랑이가 두리번거리며 서커스에 찾아왔습니다.

"아니, 호랑이님.
여기서 뭐하시는 거예요!
또 늦었잖아요. 벌써 공연 시작했다고요."

'엥?!'
어리둥절한 호랑이를 다짜고짜 데리고 들어갑니다.

"아니, 제 말 좀 들어보세⋯⋯욥!"

OH MY GOD!

평소 요가로 단련된 호랑이라
어려운 묘기도 척척 해냅니다.

화려한 서커스 속 사람들의 환호성에 놀란 호랑이.
서커스란 엄청나게 커다란 유혹이지요.
호랑이는 금세 서커스에 빠져들었습니다.

다음은 우리 서커스의 하이라이트!
'전설의 불쇼'입니다!

불꽃을 보자 호랑이는 가슴이 두근거렸어요.

호랑이는 불을 아주 무서워했거든요.

무서워…… 무서워……

겁에 질린 호랑이는 결국 실수를 하고 말았어요.

우당탕~

순식간에 사방으로 불꽃이 튀었어요.

불이야!!!

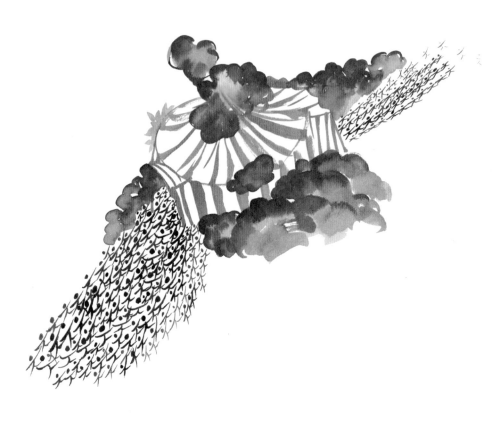

새빨간 불이 옮겨붙자 주변이 아수라장으로 변했습니다.

두 팔, 두 다리를 가진 인간들이 제일 먼저 도망가네요.

"내 꼬리만은 안 돼!"
아름다운 공작새가 울부짖습니다.
하지만 불이 옮겨붙자 어쩔 수 없이 부리로 꼬리를 자릅니다.

자욱한 연기가 사방으로 퍼지고
수많은 동물들이 불길 속에 갇혔어요.

인간들이 모두 도망갔어!
우린 버려진 거야……

멀리 떨어진 토끼우리에도 불이 번지고

콜록콜록

뜨거운 불길 속에 독한 연기가 올라옵니다.

용감하게 불을 꺼보려 하지만 불길은 점점 커져만 갔어요.

아아…… 할머니……
고양아…… 콜록콜록

그때였어요!
호랑이는 갑자기 공기가 상쾌해지는 걸 느꼈어요.

퐁-

퐁-!

퐁-퐁-

퐁–퐁–퐁–퐁–퐁–퐁–퐁–퐁–퐁–퐁–퐁–퐁–포옹–푸드득!

어디선가 나타난 거대한 콩나무 줄기에 모두들 놀랐지만……
"다행이에요! 우린 살았어요!"

콩나무 줄기는 한 마리도 빠짐없이 그렇게

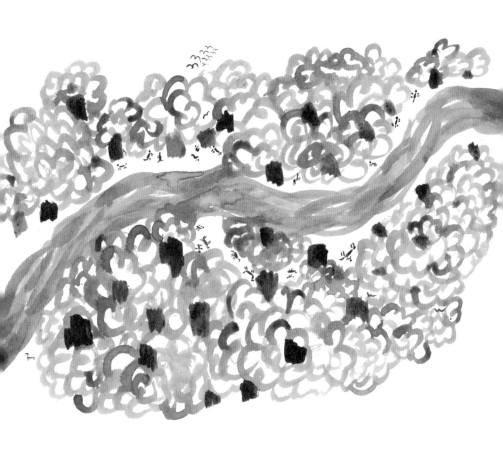

모두를 안전하게 데려갑니다.
탈출한 동물들을 깊은 숲 속에 뿔뿔이 내려줬어요.

고향에 왔어!
우린 이제 자유야!

제일 마지막으로 호랑이가 내렸습니다.

응?
어디선가 고양이 냄새가 나는 것 같은데……

아니, 이것은······!

"고…… 고양아, 너 고양이 맞지?
이게 뭐야. 왜 까맣게 타버렸어……?"

호랑이는 엉엉 울었어요.

그러자
갑자기 신기한 일이 일어났어요.

꼼지락 -

꼼틀 -

번쩍!

일어났어? 열은 좀 어때?

"나 굉장한 꿈을 꿨어.
너 대신 내가 서커스에 납치돼서……
호랑이가 됐는데 말이야……"

두 친구는 몸이 편찮으신 할머니 옆에 앉아
고양이의 흥미진진한 꿈 이야기를 들려드렸어요.
할머니는 아주아주 즐겁게 웃으셨답니다.

조그만 호랑이와 커다란 고양이의 남은 이야기

깊은 산속 외딴집엔 지금도 여전히 고양이인 척하는 호랑이와
자기가 호랑이인 줄 알던 고양이가 함께 오순도순 살고 있어요.

할머니가 돌아가시던 날,
슬픔에 빠져 쉴 새 없이 울어대는 호랑이를 위로하며
고양이는 부쩍 어른이 되었답니다.

할머니를 잃은 슬픔에 목이 쉴 때까지 베개에 얼굴을 묻고 펑펑 울던 호랑이.
그럴 때마다 고양이는 아무 말 없이 음악을 크게 틀어
호랑이의 울음 소리를 감춰주었답니다.

너무 슬퍼서 한동안 밖으로 나오지 않던 호랑이를 대신해
장작을 패고, 약초를 캐고, 농사를 짓고, 꽃을 가꾼 고양이.

고양이의 팔뚝은 더 굵어졌고 이와 턱도 단단해졌지요.
무엇보다 눈빛이 늠름해졌어요.

지금은
누가 커다란 고양이인지
누가 조그만 호랑이인지
아무도 모르겠군요.

고양이인 척 호랑이

초판 1쇄 발행 2015년 2월 9일
초판 4쇄 발행 2021년 12월 3일

지은이 버드폴더
펴낸이 김선식

경영총괄 김은영
콘텐츠사업3팀 심아경, 이승환, 김은하, 김한솔
마케팅본부장 이주화   마케팅1팀 최혜령, 오서영, 박지수
미디어홍보본부장 정명찬   홍보팀 안지혜, 김민정, 이소영, 김은지, 박재연, 오수미, 이예주
뉴미디어팀 허지호, 임유나, 송희진, 홍수경   리드카펫팀 김선욱, 염아라, 김혜원, 이수인, 석찬미, 백지은
저작권팀 한승빈, 김재원   편집관리팀 조세현, 백설희
경영관리본부 하미선, 윤이경, 김재경, 오지영, 박상민, 김소영, 이소희, 최완규, 이지우, 이우철, 김혜진

펴낸곳 다산북스   출판등록 2005년 12월 23일 제313-2005-00277호
주소 경기도 파주시 회동길 490   전화 02-704-1724   팩스 02-703-2219
이메일 dasanbooks@dasanbooks.com   홈페이지 dasan.group   블로그 blog.naver.com/dasan_books
종이 IPP   출력·인쇄 갑우문화사   코팅·후가공 평창피앤지

ISBN 979-11-306-0466-4 (03810)